KB261798

난 詩 없이는 못살아

난 詩 없이는 못살아

2001년 1월 10일 1판 1쇄 발행 / 2001년 8월 31일 1판 2쇄 발행

지은이 이숭원, 박덕규 외 / 펴낸이 임은주
펴낸곳 도서출판 청동거울 / 출판등록 1998년 5월 14일 제13-532호
주소 (135-080) 서울 강남구 역삼동 832-52 상봉빌딩 301호 / 전화 02-564-1091~2
팩스 02-569-9889 / 전자우편 cheong21@freechal.com

편집장 조태림 / 편집 문해경 / 북디자인 우성남 / 영업관리 곽상용

값 6,000원

ISBN 89-88286-39-1

서정시가 있는 풍경

난 詩 없이는 못 살아

이숭원 ● 박덕규의 명시 여행

청동거울

시의 깃발을 흔드는 사람이 되어

1

이 세상에는 우리의 마음에 잔잔한 파문이 일게 하는 많은 시들이 있지요. 그 많은 시들이 그러나 늘상 우리가 보기 편한 곳에 놓여 있기보다는 우리가 세상 여러 일에 시달리는 동안 저 혼자서 쓸쓸히 빛을 발하고 있다가 천천히 사라지곤 한답니다. 그 빛은 외롭다는 것 자체로 더욱 아름다운 것이긴 하지만, 바로 그렇기 때문에 그 빛은 보다 많은 이들이 보고 느껴야 할 것이 아닐는지요.

많은 책, 많은 시집 속에 그 시들이 있지만, 사람들은 책을 뒤지고 시집을 뒤져서 그 시를 찾는 수고를 굳이 하려 들지 않고들 있는 편입니다. 그런 사람들에게 "오, 편리와 쾌락에 빠진 자들의 어리석음이여!" 하는 탄식으로 질타를 대신해 그들을 각성시키는 것도 좋겠지요. 멀거나 가까운 곳에서 홀로 빛을 뿜고 있는 시들을 찾아내 사람들에게 조금씩 읽어 주면서 "이런 좋은 시가 있는데 제대로 한번 읽어 봐 주지 않겠습니까?" 하고 물어보는 수도 있을 테지요. 저희는 두 번째 일을 택했습니다.

저희는 매일 아침 한 편 시를, 그것도 아주 읽기 편한 만큼의 짧은 시를, 그것에다 그 시와 함께 어떤 것을 생각하는 것이 좋을지를 설명하는 짤막한 평을 곁들여 사람들에게 펼쳐 보였습니다. 세상에 더 좋은 시들이 많다는 사실을 알고 있으면서, 또는 길어야 10행 정도인 짧은 시가 아닌 데서도 더욱 좋은 시를 찾아내야 하는 것을 잘 알고 있으면서 말이지요. 이 책에 실은 원고는 저희가 바로 그와 같은 방법으로 2000년 7, 8월 두 달 동안 한 일간지에 매일 한 편씩 소개한 시와 그 해설입니다.

2

신문에 저희가 채택한 시가 한 편씩 소개되는 동안 저는 줄곧 '소설가'라는 직함으로 소개되었습니다. 이를 두고 '어째서 시 전문가도 아니고 유명 작가도 아닌 그저 그런 소설가가 시를 소개하고 있는가?' 하고 의혹을 품은 사람이 있다는 얘기를 들은 적이 있습니다. 그럴 수 있는 의혹이라고 저는 생각했습니다만, 저는 혹시 그 사람을 만날 시간이 있다면, 제가 시 전문가나 유명 인사는 아니지만, 얕으나마 시와 함께 살아온 저의 세월을 슬쩍 얘기할 수는 있지 않을까 하는 생각은 해본 적이 있습니다.

저는 소설가라는 지금의 처지에 지극히 만족하고 있으므로, 제가 한때 시인이었다거나 시 비평을 많이 해본 경력이 있다거나 하는 따위의 말로 시를 소개하는 저 자신을 변명하거나 옹호하고 싶은 마음은 조금도 없습니다. 사실 저는, 시인이기에는 감수성이 너무 부족하고, 비평가이기에는 통 책을 못 읽은 사람입니다.

이 때문에 저는 제 자신의 감수성을 드러내는 일만큼
이나 남의 감수성을 엿보는 걸 즐겼고, 긴 글을 논리
적으로 따라 잡기보다 짧은 글을 직감으로 짚어내는
버릇이 생겼지요. 즉, 저의 어설픈 감식안과 치기 어
린 문체가 만날 수 있는 접합점이 '시'였지요. 그 '시'
를 직접 쓰고 동시에 말하면서 함께 뒹군 세월은 제게
그렇게 쌓였지요. 소설가로 행세하게 된 이후에도 어
쩌다 '시와 함께 놀아 줄 사람'으로 제가 선택되는 때
에 그것을 쉽게 뿌리치지 못하는 경우가 이래서 생겨
납니다. 저는 시를 말하지 않고는 안 되는 사람이 되
어 있는 셈이지요.

3

　다시 말씀드리지만, 여기에 채택된 시만이 좋은 시
일 수 없습니다. 게다가 짧은 시만이 좋은 시일 수도
없으며, 신문 연재 중이던 계절의 감각에 맞는 시만이
볼 만한 시일 수 없지요. 그러나 저희는, 그렇게라도

직접 시를 들고 독자들을 향해 가는 것이 그렇게 하지 않는 것보다 '시'라는 존재에, 바로 우리 삶에 조금이나마 더 도움이 될 것이라고 믿었습니다. 이제 거기에서 얻은 결과물들을 한 권의 책으로 엮어 세상에 다시 내보냅니다. 신문에서 한 편씩 접하신 분들이나 그렇지 않은 분들이 모두 손쉽게 시적 감흥에 취하되 그 여운만큼은 쉽지 않은 정서적 충격과 더불어 아주 길게 느끼게 되기를 기원합니다. 게재에 응해 주신 시인들께, 성원해 주시고 앞으로도 성원해 주실 독자들께 감사의 말씀 전하면서…….

2001년 1월
박덕규 씀

차례

■ 김종삼

새

또 언제 올지 모르는
또 언제 올지 모르는
새 한 마리가 가까이 와 지저귀고 있다.
이 세상에선 들을 수 없는
고운 소리가
천체에 반짝이곤 한다.
나는 인왕산 한 기슭
납작집에 사는 산사람이다.

일생을 떠돌이의 마음으로 살다 간 김종삼 시인의 시입니다. 그의 시를 읽으면 왠지 마음이 찡하게 아려오는데 이 시는 신비로운 새소리를 들려주고 있어 세상의 슬픔에서 잠시 비켜나 있는 것 같네요. 하늘에 보석처럼 반짝이는 새소리는 시인의 마음에 행복의 물결을 일으킵니다. 하지만 그 행복에도 슬픔의 기운이 스며 있군요. 시인은 "또 언제 올지 모르는"을 두 번 반복했고 "이 세상에선 들을 수 없는" 고운 소리가 들려온다고 하지 않았습니까? 새소리가 안겨준 행복은 환상이고 세상은 여전히 고통스러운 곳이었을까요? 그렇게 생각하니 다시 마음이 아려옵니다. ☾

김종삼 (1921~1984)
황해도 은율 출생. 1951년 시 「돌각담」 발표로 등단.
시집 『북 치는 소년』 『누군가 나에게 물었다』 등.

■ 정현종

섬

사람들 사이에 섬이 있다
그 섬에 가고 싶다

누구나 일상을 탈출하고 싶을 때 떠올리는 곳이 섬이지요. 바다 내음과 파도소리에 잠겨 모든 것을 잊고 머물고 싶은 그곳은, 배를 타고 가 닿을 수 있는 실재 공간이면서, 그러나 가지 못해 마음속에서 상상하곤 하는 상징적 공간이기도 합니다. 구둣발에 밟히는 미생물에서조차도 즐겨 신성(神性)을 확인하고 탄복의 노래를 부르는 정현종 시인은 그곳을 사람들 사이에서 발견했군요. 스스로 뿜어내고도 알지 못하는 신비로운 인간들의 빛과 향, 그것들이 어우러져 빚어내는 유동적이고도 고독한 공간, 그 가까운 섬에 우리는 왜 가야만 하고 또한 왜 가지 못하는 것일까요? ★

정현종 (1939~)
서울 출생. 1964년 『현대문학』으로 등단.
시집 『떨어져도 튀는 공처럼』 『세상의 나무들』 등.

■ 이시영

새벽

이 고요 속에 어디서 붕어 뛰는 소리
붕어의 아가미가 캬 하고 먹빛을 토하는 소리
넓고 넓은 호숫가에 먼동 트는 소리

고요한 호수에 동이 틀 무렵 먹빛 어둠을 뚫고 붕어가 뛰어오를 때가 있지요. 동이 트는 것을 먼저 알리기라도 하려는 듯 물고기들은 몸을 솟구칩니다. 그때 들리는 경쾌한 소리는 새 세상을 알리는 신호 같기도 합니다. 그 소리는 누구라도 들을 수 있지만 붕어의 아가미에서 터져 나오는 소리를 들을 수 있는 사람은 흔치 않지요. 하지만 자연을 깊이 들여다보는 사람에게는 먼동 트는 소리까지 들리는가 봅니다. 밝은 눈과 귀를 가진 이시영 시인이 넓고 고요한 호숫가에 아름답게 펼쳐진 자연의 신비로운 움직임과 미세한 소리를 우리에게 전해 줍니다.

이시영 (1949~)
전남 구례 출생. 1969년 『월간문학』으로 등단.
시집 『만월』 『바람 속으로』 등.

독락당(獨樂堂)

독락당 대월루(對月樓)는 벼랑꼭대기에 있지만
예부터 그리로 오르는 길이 없다.
누굴까, 저 까마득한 벼랑 끝에 은거하며
내려오는 길을 부숴버린 이.

독락당 대월루는 어디에 있을까요? 한
자의 뜻으로는 홀로 즐기며 달을 맞이한다는 의미인
데 아마 시인의 마음속에 존재하는지 모르지요. 정신
의 맑고 높은 경지를 추구해 온 조정권 시인이 벼랑
끝의 한 은거지를 상상해 보았습니다. 그 누각은 벼랑
멀리 보이기는 하지만 그리로 오르는 길이 없습니다.
그 누군가가 그곳에 올라 집 한 채를 지은 후 속세와
의 인연을 끊어버리고자 내려오는 길을 부쉈던 것이
지요. 시인은 현실의 울타리에서 멀리 벗어난 어떤 초
월의 공간을 꿈꾸고 있습니다. 실제의 삶 속에서 맑은
자리를 찾기 어려울 때 그런 공간을 꿈꾸는 것이겠지
요. ☾

조정권 (1949~)
서울 출생. 1969년 『현대시학』으로 등단.
시집 『산정묘지』 『신성한 숲』 등.

■ 이성복

남해 금산

한 여자 돌 속에 묻혀 있었네
그 여자 사랑에 나도 돌 속에 들어갔네
어느 여름 비 많이 오고
그 여자 울면서 돌 속에서 떠나갔네
떠나가는 그 여자 해와 달이 끌어주었네
남해 금산 푸른 하늘가 나 혼자 있네
남해 금산 푸른 바닷물 속에 나 혼자 잠기네

어떤 감탄사로도 형용되지 않는 신비한 풍광을 만날 때가 있습니다. 수직으로 푸른 바다와 직면해 있으면서 시간의 경과에 따라 그 바다 빛과 어우러져 오묘한 색채를 빛내곤 하는 남해 금산이 그런 곳이지요. 그 앞에서 이성복 시인처럼 간절한 사랑의 설화를 유추해내는 사람도 있겠지요. 연인을 위해 기꺼이 돌 속에 함께 갇힌 한 사내가 어떤 숙명의 힘에 의해 연인을 떠나 보내고 혼자 남아 결국 푸른 바닷물 속으로 잠겨 드는 이야기입니다. 자연은 이처럼 자신을 속 깊이 받아들이는 사람의 가슴 안에서 더욱 깊은 정취를 뿜어내게 됩니다. ★

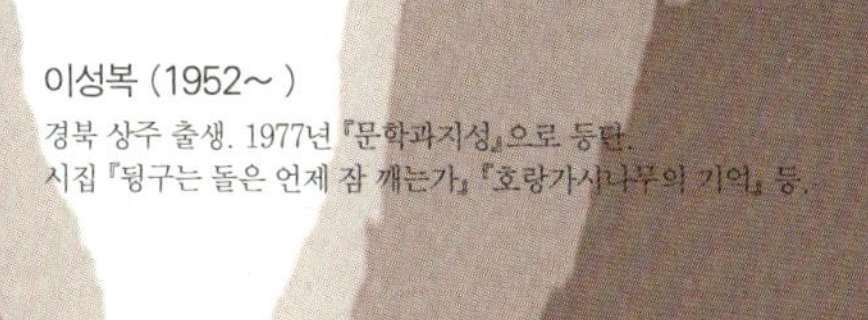

이성복 (1952~)
경북 상주 출생. 1977년 『문학과지성』으로 등단.
시집 『뒹구는 돌은 언제 잠 깨는가』 『호랑가시나무의 기억』 등.

■ 오선홍

개망초

깎아지른 벼랑
돌 틈을 비집고
저도 위험한
하나의 풍경이 된다,

홀로 피었다
당당하게 사라지는
개망초

개망초는 우리나라 산야 어디든 자생하는 식물입니다. 여름에 작은 꽃이 피었다가 가을이면 자취도 없이 사라지지요. 깎아지른 벼랑에 돌 틈을 비집고 피어난 개망초가 오선홍 시인의 눈에 들어왔습니다. 평평한 들판이 아니라 날카로운 벼랑에 피어난 것부터가 예사롭지 않군요. 시인은 벼랑에 피어난 개망초가 스스로 하나의 위험한 풍경이 된다고 말합니다. 다른 존재의 접근을 거부하고 저 혼자 피었다 사라지는 당당함이 부러웠던 것이지요. 그런 당당함을 우리 모두가 바라는 것은 아닐까요? ☾

오선홍 (1964~)

전남 해남 출생. 1989년 『문학사상』 신춘문예로 등단. 시집 『저 돌이 몸을 열어』 등.

■ 김달진

칠월의 산길

하얀 양산을 받쳐 든 두셋 새악시가
흰 나비떼처럼 날개를 치며 지나간 뒤
뱀 꼬리가 날카로이 빛났다.
바람인 듯 풀잎이 흔들렸다.

산모랑 굽이진 한길 그늘에
칠월의 한낮은 白金 바다보다 아름다웁다.

자연은 우리에게 휴식을 제공하거나 우리를 고요로써 감싸안기만 하는 것은 아닙니다. 녹음 우거진 숲길을 날카롭게 채색하는 저 뱀 꼬리빛과 그것에 화답하는 풀잎의 흔들림을 보세요. 우리가 즐겨 찾아가는 바다와는 또 다르게, 여름 산길 또한 이토록 감각적이며 또한 현란하게 눈부실 수 있지요. 그 사실을, 평생을 근대화의 길로는 발걸음을 옮기지 않은 김달진 시인에게서 확인하니 더욱 감회롭습니다. 이 여름도 자연은 그 안에 무한한 새로움을 내포한 채 우리를 기다리고 있는 셈이지요. ★

김달진 (1907~1989)
경남 창원 출생. 1929년 『문예공론』으로 등단.
시집 『청시』 『올빼미의 노래』 등.

■ 조태일

소가죽 북

운동장에서
학생들,
북을 치고 있다,
둥,둥,둥,둥,둥둥둥둥둥……

울타리 너머
들판
누렁소들,
되새김질 멈추고
맨살로 울고 있다.
우움머어, 우움머어,
둥,둥,둥,둥,둥둥둥둥둥……

아무 움직임도 없어 보이는 여름 한 낮이군요. 너른 학교 운동장이 있고, 그 울타리 너머로 들판이 펼쳐져 있습니다. 운동장에서 학생들이 치는 북소리가 동심원을 그리며 멀리 퍼져 나갑니다. 북소리의 파장을 느낀 들판의 누렁소들이 아연 되새김질을 멈추고 "맨살로" 울기 시작합니다. 북소리와 소 울음의 화음이 이토록 슬프게 느껴지는 것은 왜일까요? '국토'에 쌓인 혼을 노래하다가 '국토'의 혼이 된 조태일 시인이 소의 희생을 암시하는 듯한 '소가죽 북'을 매개로, 서로 다른 두 종류의 울음을 절묘하게 뒤섞은 까닭이겠지요. ★

조태일 (1942~1999)

전남 곡성 출생. 1964년 『경향신문』 신춘문예로 등단.
시집 『국토』 『산 속에서 꽃 속에서』 등.

■ 박형준

공간 이동

보도블록을 밀고 나오는 뿌리,
뿌리는 하늘로 솟구친다.
무거움과 가벼움 사이로 흘러가는 세상은 지치지 않
는다.

모래시계의 허리가 가늘어진다.

흙먼지를 줄이기 위해, 도시 경관을 세련되게 하기 위해 땅 위에 깔아 놓은 보도블록, 그 아래에서도 생명체는 자라고 있습니다. 보도블록을 밀어낼 듯이 뿌리를 그 위로 내밀어 하늘로 솟구치는 풀들이 그 예이지요. 그러나, 절망과 폐허의 시간을 오래 견뎌온 박형준 시인은 그 놀라운 생명력을 쉽사리 노래하지 않습니다. 한결 둔중한 음색으로, 그런 생명력이 가능한 이유를 설명합니다. 이 세상을 사는 지치지 않는 힘은, 모래시계의 가는 허리를 지나가는 모래처럼, 무거운 벽을 뚫고 가벼움을 향해 가려는 존재에게만 주어진다는 것이지요. ★

박형준 (1966~)
전북 정읍 출생. 1991년 『한국일보』 신춘문예로 등단.
시집 『나는 이제 소멸에 대해서 이야기하련다』 『빵냄새를 풍기는 거울』 등.

■ 김영석

이슬 속에는

한 방울 이슬 속에는
어디론가 끝없이 떠나는 사람들의
뒷모습이 어른거린다
콩꽃 같은 흰 옷고름이
안쓰럽게 얼비치고
가슴에 묻은 날카로운 칼날도
눈물에 삭고 휘어
이따금 찌르레기 소리에 반짝인다.

한 방울 이슬에서 자연의 신비를 엿보는 사람도 있는데 김영석 시인은 이 땅에서 한스럽게 살아간 사람들의 뒷모습을 보고 있네요. 척박한 땅에서도 잘 자라는 콩은 여름에 나비 모양의 꽃을 피우지요. 한 맺힌 사람들의 흰 옷고름을 콩꽃에 비유한 것이 절묘합니다. 워낙 어렵게 살던 사람들이라 가슴에는 분노의 칼날도 있었을 텐데 그것도 눈물에 무디어져 결국은 찌르레기 소리에 녹아들고 있네요. 원한의 심정이 맑은 이슬이 되고 반짝이는 새 소리로 바뀌는 놀라운 마술을 여기서 봅니다. ☾

김영석 (1945~)
전북 부안 출생. 1970년 『동아일보』 신춘문예로 등단.
시집 『썩지 않는 슬픔』 『나는 거기에 없었다』 등.

■ 최문자

고백

향나무처럼 사랑할 수 없었습니다.
제 몸을 찍어 넘기는 도낏날에
향을 흠뻑 묻혀주는 향나무처럼
그렇게 막무가내로 사랑할 수 없었습니다.

사람들은, 사랑하는 이가 주는 상처를 알고도 그것을 감내하는 사랑의 노래를 즐겨 부르곤 하지요. 자기를 희생하면서 사랑하는 이를 포근하게 감싸주는 사랑의 이야기가 실로 가슴을 절절하게 할 때도 있습니다. 그러나, 과연 그것이 사랑이고, 곧 참다운 사랑의 시일 수 있을까요? 최문자 시인이, 향나무와 그것을 찍어 넘기는 도낏날의 관계로 그 '막무가내'식 사랑에 반기를 들었습니다. 사랑이라는 이름에 얹어진 희생, 순응, 포용 등의 가치가 오히려 진정한 사랑을 위반한다는 뜻이지요. 그러면서도, 그 사랑을 떠나지 못하고 있는 아이러니가 빛나고 있어 더욱 흥미로운 시가 되었습니다. ★

최문자 (1943~)
서울 출생. 1982년 『현대문학』으로 등단.
시집 『귀 안에 슬픈 말 있네』 『울음소리 작아지다』 등.

■ 이성선

황홀
―산시(山詩) 25

오늘 아침 산이
물방울

음악이다

세상이 꽃으로 피어난다

이제
더 갈 데가 없다

산이 물방울로 보인다면 어떤 모습
일까요? 환히 비치는 물방울처럼 산이 자신의 모든 것
을 드러내 보인다면 그 아름다움은 기가 막히겠지요.
비 온 다음날 아침 산의 모습이 아마 그럴 겁니다. 그
것은 여러 가지 음률의 조화로 아름다움을 자아내는
신비로운 음악과도 같지요. 이렇게 꽃으로 피어나는
세상을 두고 달리 갈 곳은 아무 데도 없습니다. 완벽한
신의 솜씨 앞에 그저 숨죽일 수밖에요. 번잡한 도시에
서는 맛볼 수 없는 자연의 묘미를, 설악산 기슭에서 살
고 있는 이성선 시인이 우리에게 전해 줍니다.

이성선 (1941~)
강원도 고성 출생. 1970년 『문화비평』으로 등단.
시집 『시인의 병풍』 『산시』 등.

■ 최승호

물렁물렁한 책

아직 태어나지 않은 책은 물렁하다. 뭐라고 말할 수
없는 반죽덩어리, 그 물렁물렁한 책을 베개 삼아 나는
또 시상(詩想)에 잠긴다.

시인이 한 편의 시를 완성하기 전, 어떤 학자에 의해 한 권의 책이 저술되기 전, 그들의 머릿속에서 유동하고 있는 생각들을 무엇이라 말할 수 있을까요? 이 시에서는 "뭐라고 말할 수 없는" 그것을 아직 "반죽" 중인 "물렁물렁한 책"이라 명명했군요. 존재하지도 않고 만질 수도 없는 것에 "물렁한" 질감이 부여되면서 그것이 우리 삶 속에 살아 있는 것처럼 보이게 되었습니다. 존재 아닌 것들도 존재하는 것이라는, 무정형의 혼돈이 더욱 완벽한 질서라는 그런 사유를, 최승호 시인은 한 시인이 시상을 떠올리는 일로 구체화하고 있습니다. ★

최승호 (1954~)
춘천 출생. 1977년 『현대시학』으로 등단.
시집 『대설주의보』 『세속도시의 즐거움』 등.

■ 이재무

신발

신발의 문수 바꾸지 않아도 되던 날부터
하나둘씩 내 곁을 떠나간 친구여
하나둘씩 내 곁을 떠나간 꿈이여

요즘에는 신발 크기를 밀리미터로 표
시하지만 옛날에는 문이라는 단위로 표시했지요. 어
릴 때는 발도 빨리 커져서 10문짜리 신을 신다가 얼마
안 되어 문수가 큰 새 신을 사야 했습니다. 고등학교
졸업할 무렵이 되니까 신발 문수를 바꾸지 않아도 되
더군요. 그때 이후 많은 친구들이 내 곁을 떠나갔습니
다. 어릴 때는 꿈도 많았는데 그 많던 꿈도 하나둘 내
곁을 떠나갔어요. 다정했던 친구들, 가슴속의 꿈들은
어디로 가 버린 것일까요? 이재무 시인의 시를 읽으니
잊혀졌던 기억들이 연기처럼 아련히 떠오릅니다.

이재무 (1958~)

충남 부여 출생. 1983년 『삶의 문학』으로 등단.
시집 『온다던 사람 오지 않고』 『시간의 그물』 등.

■ 송찬호

동백이 활짝,

마침내 사자가 솟구쳐 올라
꽃을 활짝 피웠다,
허공으로의 네 발
허공에서의 붉은 갈기

나는 어서 문장을 완성해야만 한다
바람이 저 동백꽃을 베어 물고
땅으로 뛰어내리기 전에

꽃이 활짝 핀 모습을 사자가 네 발과 붉은 갈기를 펼치며 허공으로 솟구쳐 오른 것에 비유했군요. 그 때문에 꽃의 붉은 빛이며, 만개(滿開)하는 모습이 선연하게 느껴집니다. 자연의 변화 중에서도 그 절정의 환희는 참으로 일순간의 일이지요. 예술가들은 이 순간을 포착하기 위해 서둘러 상상력을 집중합니다. 돌이켜보면 우리에게는 지금의 시간 모두가 절정의 한 지점이 아닐까요? 쉽게 지나치는 소중한 우리의 시간에 대해 각성하게 하려는 뜻에서 송찬호 시인이 돌올한 이미지로 동백꽃의 개화 장면을 그려 놓은 것일 테지요. ★

송찬호 (1959~)
충북 보은 출생. 1987년 『우리 시대의 문학』으로 등단.
시집 『흙은 사각형의 기억을 갖고 있다』 『붉은 눈, 동백』 등.

■ 정일근

유리창 청소
―바다가 보이는 교실 10

참 맑아라
겨우 제 이름밖에 쓸 줄 모르는
열이, 열이가 착하게 닦아놓은
유리창 한 장
먼 해안선과 다정한 형제섬
그냥 그대로 눈이 시린
가을 바다 한 장
열이의 착한 마음으로 그려놓은
아아, 참으로 맑은 세상 저기 있으니

정일근 시인이 중학교 교사 시절 쓴 시
입니다. '열이'라는 학생은 지적으로는 조금 늦되 보
이지만 누구보다 착하고 맑은 심성을 가졌네요. 꾀부
리지 않고 정성껏 유리창을 닦아 눈이 시리게 아름다
운 바다의 모습을 한 폭 그림처럼 떠오르게 했습니다.
"다정한 형제섬"이란 표현이 마음을 순하게 하지요?
유리창에 비치는 바다를 배경으로 선생님과 열이가
다정한 형제처럼 손잡고 웃는 모습이 떠오르기도 합
니다. 이렇게 착하고 맑은 사람들이 모여 사랑으로 가
르침을 주고받는 교실이 그립습니다.

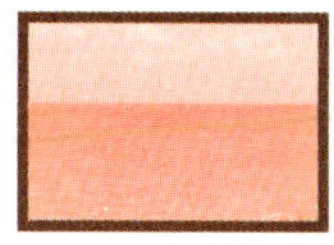

정일근 (1958~)
경남 양산 출생. 1984년 『실천문학』으로 등단.
시집 『바다가 보이는 교실』 『경주 남산』 등.

■ 이선영

알락도요새

연못 위에 떠다니는
나뭇잎을 발바닥 삼아
연못을 콩콩 튀어다니며
제 존재의 그토록 가벼움을 맘껏 즐기는

내 존재의 무게를 타고 앉아 콩 콩 콩
발장구치는

봄가을로 한 차례씩 우리나라의 물가에 머물다 지나가는 나그네새인 알락도요새가 연못의 풀숲에서 놀고 있는 장면입니다. "나뭇잎을 발바닥 삼아 연못을 콩콩 튀어"다니는 모습이 참 경쾌하군요. 지상에 와서 놀면서도 마치 이 지상에 묶인 존재가 아니라는 듯한 그 몸놀림에 비하면, 한시도 지상을 떠날 수 없는 인간은 얼마나 무거운 존재인가요. 이선영 시인이 알락도요새의 한가로운 한때를 "콩콩" 튀는 탄력적인 감각으로 드러내면서 그 속에다 제 무게를 견디느라 힘겨워하는 우리의 모습을 감추어 두었습니다. ★

이선영 (1964~)
서울 출생. 1990년 『현대시학』으로 등단.
시집 『오, 가엾은 비눗갑들』 『평범에 바치다』 등.

■ 심호택

그만큼 행복한 날이

그만큼 행복한 날이
다시는 없으리
싸리빗자루 둘러메고
살금살금 잠자리 쫓다가
얼굴이 발갛게 익어 들어오던 날
여기저기 찾아보아도
먹을 것 없던 날

변변한 잠자리채마저 없던 시절 아이
들은 싸리빗자루를 들고 잠자리를 잡으러 다녔지요.
정신없이 놀다 보면 어느새 여름 한낮이 다 가고 따가
운 햇살에 얼굴이 사과처럼 익어 돌아왔습니다. 배에
서 꼬로록 소리가 났지만 새참도 모자라던 시골에 먹
을 것은 아무것도 없었어요. 가난과 궁핍으로 얼룩진
어린 시절을 심호택 시인은 가장 행복했던 날이라고
말하고 있습니다. 가난 속에 피어 오르던 동심의 천진
함과 인간다운 정겨움이 못내 그리운 탓이겠지요. 그
아름다운 시절이 지금은 어디로 가 버린 것일까요?

심호택 (1947~)
전북 군산 출생. 1991년 『창작과비평』으로 등단.
시집 『하늘밥도둑』『미주리의 봄』 등.

■ 문인수

비밀

급행 지나는, 쏜살같이 내닫는 숨가쁜 도중
추풍령 아래
푸른 행간에
하품하는, 문득문득 떠오르는 간이역

우리는, 휴가철의 급행열
차처럼 자신의 목적지에 빨리 가 닿아야
한다는 조바심으로 숨가쁘게 달려가고 있
습니다. 뒤돌아보지 않고 목표를 달성하
기 위해 몰두하는 삶이 가장 값지다고 믿
지요. 하지만, 그 삶의 터전이 되고 배경
이 된 자잘한 존재들과 그것들과 맺은 이
런저런 인연들을 소중하게 여기지 않는다
면 그게 무슨 소용일까요? 열차 창 밖으
로 하품하듯 스치는 간이역 같은 풍경이
속살 깊은 내면에 쌓인 때라야 새로 만나
는 세상은 더욱 의미가 깊어집니다. 당신
에게도 그처럼 삶을 풍요롭게 하는 비밀
이 진정 있지 않겠느냐고, 문인수 시인이
묻고 있습니다. ★

문인수 (1945~)
경북 성주 출생. 1984년 『심상』으로 등단.
시집 『뿔』 『동강의 높은 새』 등.

기쁨

난초 화분의 휘어진
이파리 하나가
허공에 몸을 기댄다
허공도 따라서 휘어지면서
난초 이파리를 살그머니
보듬어 안는다
그들 사이에 사람인 내가 모르는
잔잔한 기쁨의
강물이 흐른다.

난초는 환경의 영향을 많이 받아서
바람이 통하지 않으면 온도가 적절해도 잎이 마른다
고 해요. 그러니까 난초의 잎은 우리들이 모르는 어떤
밀접한 관계를 허공과 맺고 있는 셈이지요. 자연의 은
밀한 아름다움을 노래해 온 나태주 시인의 눈은 평범
한 난초 하나도 그냥 지나치지 않습니다. 마치 사랑하
는 사이처럼, 휘어진 이파리가 허공에 몸을 기대고 허
공은 그 이파리를 살그머니 보듬어 안는 장면을 보았
어요. 난초 잎에서 잔잔한 기쁨의 강물을 발견한 시인
의 안목이 놀랍습니다.

나태주 (1945~)
충남 서천 출생. 1971년 『서울신문』 신춘문예로 등단.
시집 『대숲 아래서』 『풀잎 속 작은 길』 등

■ 김춘수

부두에서

바다에 굽힌 사나이들,
하루의 노동을 끝낸
저 사나이들의 억센 팔에 안긴
깨지지 않고 부서지지 않은
온전한 바다,
물개들과 상어떼가 놓친
그 바다,

바다에서 일하고 귀가하는 부두 사나이들 몸에서 바다 냄새가 나는 것은 당연한 일일 테지요. 김춘수 시인은 그것을 '사나이들의 억센 팔에 안긴 바다'로 표현했습니다. 사나이들이 일하던 실제의 바다에서, 사나이들이 가져옴으로써 느낌만으로 존재하게 된 바다로 변화한 기묘한 상태가 펼쳐졌습니다. 바다는 원래 깨지고 부서지고 물개들과 상어떼가 어울리는 곳인데, 그것에서 떠나온 바다가 이제 그런 통념적인 의미를 벗어서 더욱 "온전한" 상태의 바다로 변했습니다. 생생한 자연, '날것' 상태의 존재란 이렇듯 우리가 알고 믿고 있는 고정관념을 깰 때라야 만날 수 있는 것이지요. ★

■ 장석남

뻐꾸기 소리

깜빡
낮잠 깨어나
창호지에 우러나는 저 봉숭아 꽃빛같이
아무 생각 없이
창호지에 우러나는 저 꽃빛만 같이

사랑도 꼭 그만큼쯤에서
그 빛깔만 같이

어느 날 낮잠을 자다 깨어
나서 흰 창호지에 붉은 봉숭아 꽃빛이 비친
것을 보았다고 생각해 보세요. 잠결에 보이
는 연분홍 빛이 얼마나 신비롭겠습니까?
사물의 그늘에 눈길을 돌려온 장석남 시인
이 그 은은한 빛깔로 사랑의 색조를 표현했
습니다. 강렬하게 불타오르는 사랑, 의도적
으로 꾸며내는 사랑은 오래 가지 못하지요.
그런데 시의 제목은 뜻밖에 '뻐꾸기 소리'
예요. 멀리서 뻐꾸기 소리 들려오듯이, 봉
숭아 꽃잎 은은히 우러나듯이, 그렇게 아련
하게 다가오는 사랑을 기다린다는 뜻이겠
지요.

장석남 (1965~)
경기도 덕적도 출생. 1987년 『경향신문』 신춘문예로 등단.
시집 『새떼들에게로의 망명』 『지금은 간신히 아무도 그립지 않을 무렵』 등.

비

아카시아들이 언제 흰 두레방석을 깔았나
어데서 물쿤 개비린내가 온다.

농촌이나 산골 서민들의 삶을 북방 지역의 토속적인 어휘에 실어 이야기하듯 노래한 백석 시인의 초기 시입니다. 자연의 정황을 특정한 감정 부여 없이 객관적으로 묘사함으로써 실재감을 물씬 느끼게 하는 시적 특성이 잘 나타나 있지요. 어느덧 몰려와 있는 비의 계절을, 아카시아 꽃들이 만발한 숲길에서 곧 쏟아질 것만 같은 '비' 냄새로 예감하는 때의 표현이 볼 만하군요. 두레방석(여러 사람이 둘러앉을 수 있는 방석), 물큰(냄새가 확 풍기는 모양을 뜻하는 '물큰'의 사투리), '개비린내'(바닷물이 드나드는 때의 비린내) 등 사라진 말들의 쓰임이 이 시에 싱싱한 기운을 돌게 합니다. ★

백석 (1912~?)
평북 정주 출생. 1935년 『조선일보』로 등단. 시집 『사슴』 등.

■ 김광규

종

동록이 슬은 구리의 침묵 깨뜨려
몇백 년 간직해온 함성과 신음 되살려주고
그윽한 울림 사라지면서
더욱 큰 고요를 남기는 듯

새벽의 산사에서 범종 소리를 들은 적이 있습니까? 몇백 년의 세월을 거쳐 파랗게 녹이 슨 종은 침묵을 지키고 있지만 그 표면을 때리면 놀라운 소리가 울려납니다. 평범한 대상에서 생의 비밀을 탐색해 온 김광규 시인은 그 소리에 많은 사람의 함성과 고통의 신음이 담겨 있다고 보았어요. 하지만 함성과 신음의 울림도 잠시뿐 소리가 그치면 더욱 큰 고요가 남습니다. 그렇다면 종의 본질은 함성일까요, 고요일까요? 어쩌면 그것은 침묵과 함성이, 신음과 고요가 둘이 아니라는 사실을 알려주는 것은 아닐까요?

김광규 (1941~)
서울 출생. 1975년 『문학과지성』으로 등단.
시집 『우리를 적시는 마지막 꿈』 『아니다 그렇지 않다』 등.

샐비어

더운 이름으로 당신을 불러 봅니다.
햇볕도 편애(偏愛)하듯
가는 숨결로 타고 있습니다.
하늘 속 빗방울로
가슴을 씻고
피 흘리며 타고 있습니다.
아빌라,
모든 것을 사죄(赦罪)해 주십시오.
살아 있는 남자에게
남은 할 일은
저무는 한역(寒驛)에서
눈을 감는 일입니다.

붉은 빛으로 짙게, 꽃밭 가장자리를
수놓은 샐비어를 아시는지요? 그 꽃을 따서 단맛을 빨
아먹던 어린 시절이 있었지요. 도광의 시인은 뜨거운
햇볕을 받고 더욱 붉어지는 샐비어의 모습에서, 피 흘
리듯 정염(情炎)을 불태우고 있는 사람을 봅니다. 어떤
운명이 마음을 이끄는 대로 생을 맡기고 스스로를 소
진하는 낭만주의자의 모습이군요. 그런 사람이 없다면
시가 있을까요? 그렇게 삶을 내던지고 고개 숙인 그에
게 신이 어떤 죄값을 치르게 할는지 궁금합니다. ★

도광의 (1940~)
경북 경산 출생. 1966년 『대구매일신문』 신춘문예로 등단.
시집 『갑골길』 등.

■ 이홍섭

불타는 섬

외로움이 힘이 되어
한없는 응시가 어느덧 사랑이 되어

저렇게
활활 타오르는 섬

망망대해에 홀로 떠 있는 섬은 오갈
데 없이 고립되어 있는 인간의 모습과 흡사하지요. 섬
처럼 외로운 존재가 어느 날 누군가를 응시하고 그리
워하기 시작합니다. 외로움이 클수록 그리움과 사랑
은 더욱 강하게 불타오르지요. 그러나 아무리 상대를
바라보며 사랑으로 몸부림쳐도 인간은 고독의 울타리
를 벗어나지 못합니다. 끝내 '불타는 섬'으로 머물 뿐
이지요. 이홍섭 시인은 인간 존재를 섬에 비유하여 외
로움의 자각이 사랑의 열망으로 바뀌고 그것이 다시
고독의 가혹한 심연으로 깊어지는 과정을 표현했습니
다.

이홍섭 (1965~)
강릉 출생. 1990년 『현대시세계』로 등단.
시집 『강릉, 프라하, 함흥』 등.

■ 김형영

압록강

—김주영 형에게

무너진 국내성을 돌아
압록강 선착장에서
밤늦도록 바라보나니,
바라보는 것만으로
죄가 되던 강물이여

하늘에 등을 단
달빛 때문에
달빛 때문에
내 갈 길을 막고서
밤에도 흐르는 강물이여

고구려의 옛 영광 국내성을 돌아 압록강 선착장에 닿는 관광 코스가 있겠지요. 압록강변 조상들의 생애를 다룬 소설 '야정(野丁)'(김주영 작)을 읽으며 그곳으로 여행을 떠난 김형영 시인이 이 강 앞에서 처연하게 탄식하고 있습니다. 이 강을 생활 터전으로 삼았던 그 조상의 후손들은 지금 어떤가요? 역사는 단절되고 민족은 헤어졌습니다. 그걸 생각할수록 우리는 옴쭉달싹할 수 없는 죄인이 되고 맙니다. 민족의 현실을 자기 안에서 인식하면서 죄값을 치르고 있는 시인의 내면이, 달빛 아래 강물 흐르는 자연의 오랜 운행과 어우러져 장엄한 음악 소리를 내고 있는 듯합니다. ★

김형영 (1944~)
전북 부안 출생. 1966년 『문학춘추』로 등단.
시집 『다른 하늘이 열릴 때』 『기다림이 끝나는 날에도』 등.

■ 강현국

고요의 남쪽

떡갈나무 그늘을 빠져나온 길은
황토 산비탈로 자지러진다
차돌처럼 희고 단단한 고요
오직 고요의 남쪽만 방석만큼 비어 있다
길은 또 한번 황토 산비탈로 자지러진다
온몸에 고추장을 뒤집어쓴 어떤 애잔함이, 출렁
섬진강 옆구리를 스치는 듯도 하였다

이 시에는 몇 가지 이채로운 표현
이 나옵니다. 길이 산비탈로 자지러진다든가, 고추장
을 뒤집어쓴 애잔함이라든가, 고요의 남쪽이 방석만
큼 비어 있다는 것이 그것이지요. 시인이 보여주는 것
은 한 폭의 그림 같은 정경입니다. 떡갈나무 그늘을
거쳐 황토 산비탈로 사라지는 길이 있고, 길 위에는
고요가 감돌고, 길 저편에 흐르는 섬진강 물줄기에는
처연한 애잔함이 스며드는 것 같습니다. 강현국 시인
은 평범한 풍경에서 고요 속으로 파고드는 애잔함을,
민족의 내면에 흐르는 정한의 물살을 본 것이지요.

강현국 (1944~)
경북 상주 출생. 1976년 『현대문학』으로 등단.
시집 『절망의 이삭』 『견인차는 멀리 있다』 등.

■ 강은교

너무 큰 구름떼 속으로
—벽 속의 편지

너무 큰 구름떼 속으로
새 한 마리가
날아 들어가네
땀에 젖은 지붕이
헐떡이며
새를 쳐다보네

그대는 새인가
너무 큰 구름떼 속으로 날아 들어가는.

거대한 역사의 물줄기가 눈앞에서 흘러가던 때, 그 앞에서 머뭇거리는 사람도 있었고, 다투어 뛰어든 사람도 있었습니다. 과연 어떤 태도가 옳았을까요? 짙은 허무 속에서 생명의 존엄성을 발견한 강은교 시인의 대답은 단호합니다. 망설임 없이 그 큰 흐름으로 뛰어든 사람만이 그 답을 알 수 있다는 것이지요. 큰 흐름 속에서 자신을 본 사람만이 자신이 할 일을 제대로 알 수 있다는 얘기이기도 하겠지요. '큰 흐름 속에서 나를 찾아라!' 하는 교훈도 되새겨보세요. 자, 지금 우리 앞의 물줄기는 어떤 것인지를 보고 있는지요? ★

강은교 (1945~)
서울 출생. 1968년 『사상계』로 등단. 시집 『허무집』『풀잎』 등.

■ 오규원

칸나

칸나가 처음 꽃이 핀 날은
신문이 오지 않았다
대신 한 마리 잠자리가 날아와
꽃 위를 맴돌았다
칸나가 꽃대를 더 위로
뽑아올리고 다시
꽃이 핀 날은 아무 일도
일어나지 않고
다음날 오후 소나기가
한동안 퍼부었다

이 시를 읽고 무슨 이런 싱거운 이야기를 했나 의아해 하는 분이 있겠지요. 시는 꼭 의미심장한 무언가를 담아내야 하나요? 진실은 오히려 평범한 자리에 숨어 있을지 모르지요. 어느 스님이 산은 산이요 물은 물이라는 말을 했고, 평상심이 곧 진리라는 말도 있습니다. 칸나 꽃이 필 때 무슨 신비로운 이변이 일어날까요? 잠자리가 날고 우연히 소나기가 퍼붓는 등, 지극히 평범한 일들이 반복될 따름입니다. 오규원 시인은 자연스럽게 흘러가는 현상의 국면을 보여줌으로써 세상의 실상이 무엇인지 깨닫게 합니다.

오규원 (1941~)
경남 밀양 출생. 1965년 『현대문학』으로 등단.
시집 『왕자가 아닌 한 아이에게』 『이 땅에 씌어지는 서정시』 등.

익사

얼마나 많은 슬픔이 있었길래
몸뚱이 하나로 온 강물을 적시게 하였느냐
얼마나 깊은 괴로움이 있었길래
온 강물이 합심하여 몸뚱이 하나 눈부신 햇살 아래
뉘어놨느냐

소중한 꿈을 더 키워 나가야 할 사람이 뜻하지 않은 운명 앞에 목숨을 내놓고 만 것을 볼 때가 있지요. 박해석 시인이, 생을 연장하려는 사람의 몸부림과, 어쩔 수 없이 그것을 멈추게 해야 하는 강물의 거친 물살이 맞부딪쳐 빚어낸 그 비극의 현장을 포착했습니다. 비록 끊어져 버린 생명이지만, 그 사람이 온몸으로 '슬픔과 괴로움'을 견뎌낸 세월은 얼마나 아름다운 것이었는지요. 살아 남은 사람들의 남아 있는 시간 또한 얼마나 소중한 것인가를, 슬픈 감정을 겉으로 억제해 보이는 시적 방법으로 알려주고 있습니다. ★

박해석 (1950~)
전북 전주 출생. 1995년 국민일보문학상으로 등단.
시집 『눈물은 어떻게 단련되는가』 『견딜 수 없는 날들』 등.

■ 이호우

휴화산

일찍이 천 길 불길을
터뜨려도 보았도다

끓는 가슴을 달래어
자듯이 이 날을 견딤은

언젠가 있을 그날을 믿어
함부로치 못함일레.

사소한 불만을 무절제하게 드러내는 사
람은 설득력이 없습니다. 잠자듯 침묵을 지키다가 세
상이 놀랄 만한 분노의 육성을 터뜨릴 때 사람들은 비
로소 귀를 기울이지요. 분노의 표출, 열정의 폭발에도
적절한 시점이 필요한 법이지요. 어수선하고 혼란스
러운 시대일수록 '언젠가 있을 그날'을 기다리며 오늘
의 시련을 참고 견디는 견인(堅忍)의 정신력이 요구됩
니다. 현대시조의 새로운 경지를 개척한 이호우 시인
이 우리들이 본받아야 할 정신의 높이를 휴화산에 비
유하여 나타냈습니다.

이호우 (1912~1970)
경북 청도 출생. 1940년 『문장』으로 등단.
시조집 『이호우시조집』 『휴화산』 등.

■ 윤제림

개미집

베짱이처럼 그늘에서
잠만 잔 게 아니냐구요?
기타 치며 노래나 부른 게
아니냐구요?

개미처럼 일했다며, 왜
집 한 칸 없느냐구요?

'무얼 하고 살았기에 여태 자기 집도 없이 사느냐'는 식의 물음에 곤혹스러움을 겪는 사람들이 참 많더군요. 집장만을 못한 사람에게는 언제나 그 게으름이나 무능을 공박해야만 하는 것일까요? 우화 속의 부지런한 주인공 개미도 어느새 궁지에 몰려 버렸군요. 그런데 "아니냐구요?" 하는 개미의 거듭되는 반문이 의외로 당당하게 느껴지는 까닭은 무엇일까요? 많은 돈과 큰 집과 멋진 차가 있는 삶보다 하찮은 '개미집'의 소박한 성취가 더 값지다는 사실을 윤제림 시인이 풍자적인 어법으로 재치 있게 깨우치고 있는 중이지요. ★

윤제림 (1959~)
충북 제천 출생. 1987년 『문예중앙』으로 등단.
시집 『삼천리호 자전거』 『황천반점』 등.

■ 황동규

더욱더 조그만 사랑 노래

연못 한 모퉁이
나무에서 막 벗어난 꽃잎 하나
얼마나 빨리 달려가는지
달려가다 달려가다 금시 떨어지는지

꽃잎을 물 위에 놓아 주는
이 손.

이 시에 제시된 상황을 머리에 그려 봅시다. 나무에 매달려 있던 꽃잎이 바람에 나부껴 연못 저편으로 달아나는 장면을. 천방지축 달려가는 꽃잎을 잡아 물 위에 곱게 놓아 주는 손을. 그러면 연못의 물결에 실려 곱게 일렁이는 꽃잎의 흔들림이 연상되기도 하지요. 지적인 방법으로 대상을 재구성해 온 황동규 시인이 '달려가는 꽃잎'과 '놓아 주는 손'의 대비적 관계를 독특하게 설정했습니다. 자유분방한 몸놀림은 급격한 추락으로 끝날 위험이 있지요. 그것을 염려하여 존재가 머물 수 있는 안정된 자리를 마련해 주는 것도 사랑의 한 방식이 아니겠습니까?

황동규 (1938~)
서울 출생. 1958년 『현대문학』으로 등단. 시집 『삼남에 내리는 눈』 『몰운대行』 등.

■ 정인섭

꿈

꿈이 감은 눈으로 고통을 본다
내 상처에서 날마다 물을 긷는 당신이

아침엔 물 한 동이로 달을 씻고
저녁엔 물 반 동이를 나무에 쏟는다

누구에게나 치유하기 힘든 마음의 상처가 있게 마련이지요. 사람들은 간절한 기도로 그것을 씻으려고도 하고, 또 그럴수록 더한 정신적 고통에 시달리기도 합니다. 자신의 내면에 깊이 침잠한 어느 순간 그 고통에서부터 새로운 깨우침을 얻을 수도 있습니다. 수도 중인 정인섭 시인의 상처에서 "날마다 물을 긷는 당신"이 곧 그 깨우침의 상징인 셈이지요. 자기 고통의 피에서 끝없이 물을 길어내 이 세상을 위해 뿌려주는 일이 '당신'만의 몫이 아닐 테지요. 그 일은, 그 일로써 스스로의 고통을 씻어야 할 우리들 각자의 '꿈'이 되어야 합니다. ★

정인섭 (1955~)
전북 남원 출생. 1981년 시집 『나를 깨우는 우리들 사랑』으로 등단.
시집 『무진일기』 등.

미명(未明)

소낙비가 난초 잎을 두드린다.
심금을 울리며
닫혀 있는 사물의 문을 연다.
소낙비가 번개를 몰고
잠든 흙을 깨우고 있다.
한줌의 흙으로 돌아갈 육신을
비에 적시며
가냘픈 줄기로 미명(未明)을 열고 있다.

신새벽 동트기 전 소나기 한 줄기가 지나갑니다. 연약한 난초 잎에 빗발이 떨어지자 잠자듯 고요했던 난초 잎도 마음의 문을 열고 신생의 기지개를 켜는 듯합니다. 번개까지 번쩍여 잠든 흙을 깨우고 있군요. 소나기에 몸을 적신 난초 줄기는 가냘퍼 보이지만 그 연약한 줄기를 끄덕이며 미명의 새로운 세계를 열고 있습니다. 언젠가는 한줌 흙으로 돌아갈 육신이지만 모든 생명 가진 존재는 미명(未明)을 여명(黎明)으로 바꾸는 노력을 멈추지 않지요. 존재의 비밀을 탐색해 온 오세영 시인이 미명을 여는 생명의 움직임을 보여주었습니다.

오세영 (1942~)
전남 영광 출생. 1965년 『현대문학』으로 등단.
시집 『아메리카 시편』 『벼랑의 꿈』 등.

■ 이경림

사람 지나간 발자국

아름다워라 나 문득 눈길 머물러
그것의 고요한 소리 보네
누군가가 슬쩍 밟고 갔을
저 허리 잘록한 소리
한참 살다 떠난 부뚜막 같은
다 저문 저녁 같은

사람 없는 곳에 가서 머물다가 우연
히 그곳에서 살다간 사람의 흔적을 보았군요. 그때의
기이한 놀라움을 이경림 시인이, 희미한 연기 속에서
조금씩 형체를 나타내는 산골 풍경으로 그려 놓았습니
다. 죽은 자연처럼 있던 집이 부뚜막의 온기나 굴뚝 연
기로 조금씩 숨을 쉬기 시작하는 미세한 움직임이 그
대로 전해 오는군요. 조금 더 귀 기울이면, 모양과 소
리로 빚은 "허리 잘록한" 절묘한 소리도 들려올 테지
요. 사람이 사람 지나간 발자국에서 아름다움을 느끼
다니, 이것만으로도 사람은 이 세상에서 오래오래 살
아갈 가치가 있는 존재라는 뜻 아닐까요? ★

이경림 (1947~)
경북 문경 출생. 1989년 『문학과비평』으로 등단.
시집 『토씨찾기』 『시절 하나 온다, 잡아먹자』 등.

■ 정진규

물소리 1

　너의 나라를 네 몸의 나라를 네 영혼의 나라를 속속
들이 핥고 있다 지금 너를 부르는 나의 목소리가, 그
렇다 나의 생음(生音)이 비로소 깊고 아름답다 제 목소
리를 내고 있다 너의 온몸은 언제나 물기에 젖어 있다
이 여름 땡볕 속을 혼자 걸어도 언제나 물소리를 듣고
있다 너를 듣고 있다

누군가를 간절히 그리워하면 그 그리움만으로 상대방의 모습이 오롯이 떠오르지요. 상대의 몸과 영혼 깊은 곳까지 직접 어루만지는 것 같은 밀착된 감각을 얻을 수가 있어요. 내가 너를 부르는 소리가 물소리가 되고 거기 응답하는 네 몸도 물소리를 낸다면 너와 나 둘 사이에 그리움의 수로를 타고 시원하게 물이 흐르는 장면도 상상할 수 있지요. 찌는 듯한 여름 땡볕 속에 이런 물소리를 상상하는 것만으로도 마음은 훨씬 싱그러워지네요. 정진규 시인이 들려준 싱싱한 사랑의 물소리를 당신도 한번 울려 보지 않으시렵니까.

정진규 (1939~)
경기도 안성 출생. 1960년 『동아일보』 신춘문예로 등단.
시집 『마른 수수깡의 平和』 『몸詩』 등.

■ 문정희

무궁화

꽃을 보았다.
여기가 어디라고
중중모리 삼삼한 가락 흔들고 있다.

말못할 몸짓
흰 꽃으로 피워 놓고
가슴속엔 모닥불 피워 놓고

날 보고도 말도 걸지 못한다
이국 땅 골목길에 무궁화가 피었다.

문정희 시인이 미국에 체류하던 시절 어느 골목에서 우연히 무궁화 꽃 핀 것을 보았습니다. 말도 통하지 않는 아득한 타향에서 눈에 익은 그 꽃을 보았을 때 마음이 어떠했을까요? 헤어졌던 혈육을 만난 듯, 정든 이웃을 만난 듯 가슴 뭉클했겠지요. 그 무궁화도 가슴이 막힌 듯 나를 보고 아무 말도 건네지 못합니다. 흰 꽃을 피우고 중중모리 가락으로 흔들릴 뿐 아무 말이 없는 무궁화에서 시인은 가슴속에 피어나는 모닥불을 확인했습니다. 이 모닥불의 온기가 우리 모두에게 전해졌으면 좋겠어요. ☾

문정희 (1947~)
전남 보성 출생. 1969년 『월간문학』으로 등단.
시집 『혼자 무너지는 종소리』 『우리는 왜 흐르는가』 등.

■ 김수복

망개덩굴 옆에서

망개덩굴에 그대 귀걸이가 걸렸다
손이 닿을 때까지
온몸을 밀어넣어도
아득한 햇살만 손등에 찔려온다

그대의 마음에
그대의 사랑에
그대의 조국에까지
들어박혀 있는 망개덩굴 속으로
손이 닿을 때까지
온몸을 밀어넣는다

뻔히 눈앞에 두고도 손이 닿지 않아 잡지 못하는 물건이 있어 애태운 적 있지요. 이 시에는 어떤 산행 중에 망개덩굴에 걸려 버린 귀걸이를 건져내지 못하는 안타까움이 '손등을 찌르는 햇살'로 그려져 있습니다. 귀걸이의 주인이 '그대'이니까, 그것에 손닿게 하려는 마음이 더욱 간절할 테지요. 김수복 시인은 이러한 안타까움의 체험을 이룰 듯 이루지 못하는 사랑의 마음으로, 만날 수 있는데 못 만나는 우리 모두의 염원으로 확대해 나갔습니다. 거친 망개덩굴 속으로 온몸을 밀어넣는 모습이 뜨겁게 느껴지는 시입니다. ★

김수복 (1953~)
경남 함양 출생. 1975년 『한국문학』으로 등단.
시집 『새를 기다리며』 『모든 길들은 노래를 부른다』 등.

■ 고재종

출렁거림에 대하여

너를 만나고 온 날은, 어쩌랴 마음에
반짝이는 물비늘 같은 것 가득 출렁거려서
바람 불어오는 강둑에 오래오래 서 있느니
잔바람 한 자락에도 한없이 물살치는 잎새처럼
네 숨결 한 올에 내 가슴 별처럼 희게 부서지던
그 못다한 시간들이 마냥 출렁거려서
내가 시방도 강변의 조약돌로 일렁이건 말건
내가 시방도 강둑에 패랭이꽃 총총 피우건 말건

어떤 뜻깊은 만남은, 오래도록 마음을 들뜨게 만들지요. 누군가를 만나고 돌아와 형용할 수 없는 기쁨에 휩싸여 있을 동안은 모든 걸 다 받아들일 수 있지요. "너를 만나고 온 날"의 그런 기쁨을 노래한 고재종 시인의 시를 따라 읽으니, "반짝이는 물비늘 같은 것"이 가득 출렁거리던 그때의 마음이 되는군요. '네 숨결 한 올에 별처럼 희게 부서지던 내 가슴'과 같은 감상적인 표현이, 강변의 조약돌이며 총총 핀 패랭이꽃이 만드는 토속적인 분위기에 녹아들면서 더 생생해졌습니다. 그런데, 그 누구를 만나 이렇게 "출렁거리는" 것일까요? ★

고재종 (1957~)
전남 담양 출생. 1984년 『실천문학』으로 등단.
시집 『바람부는 솔숲에 사랑은 머물고』 『사람의 등불』 등.

■ 이수익

초당(草堂) 한 채

마음에
초당 한 채 짓자.
혼자만, 혼자서만 있고 싶은 시간
은밀히 드나들게
마음의 변두리 어느 한적한 터에
불빛도 없고, 기척도 없는.

지금은 시골에서도 초당을 보기 힘듭니다. 억새나 짚으로 지붕을 얹은 자그마한 별채가 초당이지요. 절제된 언어로 정갈한 공간을 추구해 온 이수익 시인이 마음에 초당을 짓자고 권유하고 있습니다. 주위를 비추는 불빛도 없고 사람 드나드는 기척도 없는 한적한 초당에 오두마니 앉아 있는다면 평소 깨닫지 못했던 자신의 실체가 드러날지도 모르지요. 초당이라고는 구경도 할 수 없는 번잡한 도시에서 저마다 마음에 초당 한 채 마련한다면 우리의 내면은 더욱 그윽해지겠지요.

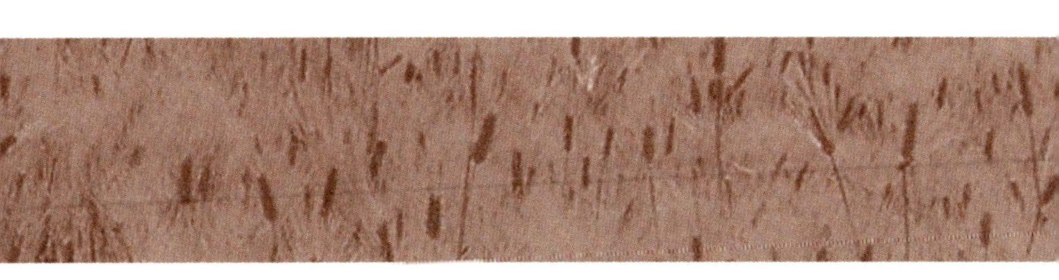

이수익 (1942~)
경남 함안 출생. 1963년 『서울신문』 신춘문예로 등단.
시집 『우울한 상송』 『눈부신 마음으로 사랑했던』 등.

■ 복효근

토란잎에 궁그는 물방울같이는

그걸 내 마음이라 부르면 안되나
토란잎이 간지럽다고 흔들어대면
궁글궁글 투명한 리듬을 빚어내는 물방울의 둥근 표정
토란잎이 잠자면 그 배꼽 위에
하늘 빛깔로 함께 자고선
토란잎이 물방울을 털어내기도 전에
먼저 알고 흔적 없어지는 그 자취를
그 마음을 사랑이라 부르면 안되나

'궁그는'은 '구르는'의 전라 방언입니다. 넓은 토란잎에 빗방울이 떨어져 경쾌한 소리를 내며 동그랗게 구르는 모양을 연상해 보세요. 복효근 시인은 그 장면을 동화적 시각으로 재구성했어요. 어린애처럼 둥글둥글 구르다가 잠든 토란잎 배꼽 위에서 함께 잠자는 물방울을 상상해 보았지요. 그렇게 토란잎과 어울리다가 사라질 때가 되면 토란잎이 털어내기 전에 스스로 흔적 없이 사라지는 그 산뜻한 처신이 바로 자신의 사랑하는 마음과 흡사하지 않느냐고 조심스럽게 묻고 있습니다.

복효근 (1962~)
전북 남원 출생. 1991년 『시와시학』으로 등단.
시집 『당신이 슬플 때 나는 사랑한다』 『버마재비의 사랑』 등.

밀물

가까스로 저녁에서야

두 척의 배가
미끄러지듯 항구에 닻을 내린다
벗은 두 배가
나란히 누워
서로의 상처에 손을 대며

무사하구나 다행이야
응, 바다가 잠잠해서

살아 남았다는 사실이 욕되게 느껴지
는 때도 있을 테지요. 하지만, '가까스로' 살아 남아,
무수한 위기의 순간을 넘기고 지나온 그 세월을 되돌
아보는 일이 아름다울 수도 있습니다. 정끝별 시인이
'밀물에 미끄러지듯 항구에 닿은 두 척 배'의 사연으
로, 험한 길 함께 걸어온 두 사람의 인간사를 들려줍
니다. 그들의 "바다가 잠잠"하기만 했을 리 없지요. 다
드러난 깊은 상처를 서로 쓰다듬으며 '이 세상은 살
만한 곳이었다'며 다독거리는 두 사람의 표정이, 여느
연인끼리의 눈길보다 은밀하고 그윽하게 느껴지는 까
닭을 아시겠지요? ★

정끝별(1964~)
전남 나주 출생. 1988년 『문학사상』으로 등단.
시집 『자작나무 내 인생』『흰책』 등.

■ 송종규

섬

세월아 하고 부르면 부시시 일어날 것만 같은
바위며 이끼들
세월아 하고 부르면 풀썩
바스라져 버릴 것 같은
내 살 속의 뼈와 조개의 무덤들
달빛 혹은 차디찬 바람이 여백을 꽉 채운다
가까이, 아주 가까이, 돌멩이 굴리는 파도소리 있다
누군가 돌아선다
바다는 너무 멀다

섬이 인간의 외로움을 표상한다는 것
은 전에도 본 적이 있지만, 이 섬의 정경은 조금 특이
하네요. 바위며 이끼, 조개껍질 등은 세월의 풍화를
많이 입은 듯 모두 퇴락한 모습이고, 빈 여백은 달빛
과 찬 바람이 메우고 있어요. 파도도 가볍게 철썩이는
것이 아니라 돌멩이 굴리는 소리를 냅니다. 이 황량한
공간에 찾아올 사람은 아무도 없겠지요. 바다조차 멀
리 떨어져 있군요. 송종규 시인이 그려낸 황량하고 쓸
쓸한 내면 풍경이 우리 마음을 아프게 합니다. 🌙

송종규(1952~)
경북 안동 출생. 1989년 『심상』으로 등단.
시집 『그대에게 가는 길처럼』 『고요한 입술』 등.

■ 고두현

횡단보도

너 두고
돌아가는 저녁
마음이 백짓장 같다.

신호등 기다리다
길 위에
그냥 흰 종이 띠로
드러눕는다.

헤어지고 싶지 않은데 헤어져 돌아가고 있는 한 사람이 있군요. 피할 수 없는 이별을 온몸으로 겪어내느라 넋이 빠진 표정을 짓게 되었습니다. 님을 잃고 우는 슬픈 사랑의 노래들이 많지만, 고두현 시인은 많은 사람들이 어울려 사는 도시의 일상 속에서 이별을 경험하는 내용을 펼쳐 보이네요. '백짓장 같은 마음'에서 '횡단보도의 흰 띠'로 이어지는 이미지의 전이가 그 이별의 슬픔을 더욱 구체적인 일로 느끼게 해줍니다. 함께 있어야 할 소중한 사람 곁을 떠나야 하는 아픔을, 우리는 얼마나 자주 겪어야 하는 것인지요? ★

고두현(1963~)
경남 남해 출생. 1993년 『중앙일보』 신춘문예로 등단.
시집 『늦게 온 소포』 등.

■ 허형만

시

사랑의 힘을 믿어야 한다.

스스로를 태우고도
남는 게 있다면 그것마저 버려야
비로소 우리 가슴에 뜬
생명의 별 하나
따뜻한 숨결을 내뿜느니.

선사가 오랜 고행을 통해 큰 깨달음을 얻는 것처럼, 시인들은 결코 길지 않은 한 편의 시를 위해 자신의 정신과 감각을 모질게 채찍질하곤 합니다. 욕심을 버리고 잡념을 씻으며 자아를 온전히 태울 때 이윽고 가슴에 뜨는 '별'이 곧 시인에게는 참된 '시'라 할 수 있지요. 과연 그런 시를 얻기 위해 얼마나 태웠는가 하고 허형만 시인이 스스로에게 묻고 있군요. 그 물음은 우리에게는 이렇게도 들리는군요. '사랑이 세상을 움직인다는 확신도 없이 어찌 그런 시를 만나려고 하는가?' 시는 언제나 사랑의 증거가 될 테지요. ★

허형만(1945~)
전남 순천 출생. 1973년 『월간문학』으로 등단.
시집 『清明』『비 잠시 그친 뒤』 등.

■ 김종철

호박꽃에 대하여 4

호박꽃이 피었습니다
호박꽃 하면 노란색이 보입니다
빨간색, 흰색 어쩌면 하늘색 호박꽃을 생각해 봅니다
그러나 호박답지 않아 생각을 멈춥니다
치장을 해도 잘 보이지 않는 덤덤한 마누라처럼
우리 뒤에 누워 있습니다
그래도 꿀벌은 어김없이 찾아옵니다

호박꽃 하면 먼저 못생긴 꽃을 떠올리지요. 커다랗게 늘어진 모양과 너무 눈에 익은 노란 빛깔 때문일까요? 하지만 호박꽃은 역시 노란색이 어울리지요. 화려한 빛깔만 가득하다면 세상이 너무 어지러워질 거예요. 덤덤하고 수수한 호박꽃도 있어야 마음 편해지지요. 잘 보이지 않는 곳에 핀 호박꽃이지만 꿀벌은 어김없이 찾아오고 꽃이 떨어지면 커다란 호박도 먹음직스럽게 익어 갑니다. 이렇게 평범하면서도 분명한 자연의 이치를 김종철 시인이 호박꽃을 통해 나타냈습니다.

김종철(1947~)
부산 출생. 1970년 『서울신문』 신춘문예로 등단. 시집 『서울의 유서』 『오이도』 등.

부화

알 속에서는
새끼가
껍질을 쪼고
알 밖에서는
어미새가
껍질을 쫀다

생명은
그렇게
안팎으로 쪼아야
죽음도
외롭지 않다

안팎의 두 존재의 힘이 함
께 알 껍질에 작용될 때라야 '새'는 온전한
생명체로 이 세상에 태어납니다. 모든 생명
은 그 혼자만의 것이 아니라는, 삶이 타인과
의 관계 속에서 형성된다는 말인 듯하다가,
갑자기 "죽음도 외롭지 않다"로 이은 비약
이 놀랍습니다. 안팎의 '쫌'이 이룬 생명의
신비를 보면서도, 그 그늘에서 발견한 죽음
을 외면하지 않았지요. 이산하 시인은, 생명
에 이르지 못하는 그런 존재를 말해서, 알
안팎의 두 힘의 호응처럼 생명을 가능하게
하는 다양한 움직임의 가치를 역설하고 있
는 셈입니다. ★

이산하(1960~)
경북 영일 출생. 1982년 『시운동』으로 등단.
시집 『천둥 같은 그리움으로』 등.

■ 감태준

아름다운 나라

거기가 어디지?
잡히지 않고
보이지 않는 거기,
우리 손 잡고 찾아갔다 번번이
길을 잃고 돌아오는 거기,
눈 감으면 불쑥
한 발자국 앞에 다가서는 거기

사람들은 언젠가는 행복한 세상을 만나리라는 생각으로 하루하루를 살아갑니다. 그러나 우리가 꿈꾸는 희망의 세계는 도대체 어디에 있습니까? 많은 사람들이 미지의 아름다운 나라를 찾아 헤매다가 길을 잃고 돌아왔지요. 차라리 그런 세상이 존재하지 않는다는 확신이 선다면 현재의 상황에 만족할 텐데, 묘하게도 사람들은 희망과 꿈을 버리지 못합니다. 눈을 감으면 그 아름다운 나라가 바로 코앞에 있는 것 같거든요. 감태준 시인이 그런 인간 내면의 움직임을 간명한 시어로 나타냈습니다.

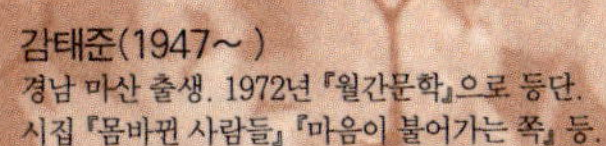

감태준(1947~)
경남 마산 출생. 1972년 『월간문학』으로 등단.
시집 『몸바뀐 사람들』 『마음이 불어가는 쪽』 등.

원무(圓舞)

간다. 누군가를
낯선 것들을
익숙한 것들을
만나러
간다. 익숙한 것들을
낯선 것들을
떠나
간다. 낯선 것들을
익숙한 것들을

돌고 도는 게 인생이라고들, 체념하듯 자조하듯 말하는 사람이 많더군요. 인생이 그런 것이 사실이라면, 돌고 도는 인생의 바퀴를 스스로 힘차게 돌려 나가는 것은 어떨지요? 지독한 슬픔조차도 경쾌한 운율로 노래해서 '비극과 환희'가 어우러지는 진풍경을 연출하는 황인숙 시인이 기꺼이 인생의 '원무'를 안무합니다. 떠남과 만남, 낯선 것과 익숙한 것, 서로 상반되는 그런 것들이 거듭 맞물리는 인간사를 표현 형식의 단순 반복을 통해 한 판 '시의 춤'으로 꾸몄습니다. 자, 우리 인생의 춤은 어떻게 추어야 할까요? ★

황인숙(1958~)
서울 출생. 1984년 『경향신문』 신춘문예로 등단.
시집 『새는 하늘을 자유롭게 풀어놓고』 『우리는 철새처럼 만났다』 등.

■ 김명인

등꽃

내 등꽃 필 때 비로소 그대 만나

벙그는 꽃봉오리 속에 누워 설핏 풋잠 들었다

지는 꽃비에 놀라 화들짝 깨어나면

어깨에서 가슴께로

선명하게 무늬진 꽃자국 무심코 본다

달디달았던 보랏빛 침잠, 짧았던 사랑

업을 얻고 업을 배고 업을 낳아서

내 한 겹 날개마저 분분한 낙화 져내리면

환하게 아픈 땡볕 여름 알몸으로 건너가느니

아무리 짧은 인연이라 하더라도 사랑은 깊은 자취를 남깁니다. 설핏 풋잠 든 사이에 맺어진 사랑이라 하더라도 그 잠깐의 인연은 '어깨에서 가슴께로 선명하게 무늬진' 자국을 남기지요. 짧은 사랑 뒤에도 오랜 고통이 이어집니다. 알몸으로 땡볕 여름을 건너는 고통이. 그러나 사랑이 남긴 쓰라림은 황홀한 것일까요? 김명인 시인은 '환하게 아픈'이라는 묘한 표현을 통해 고통도 기쁨일 수 있음을 암시하였습니다. 어쩌면 인간 모두가 그런 모순 속에 살아가는 것인지 모르지요.

김명인(1946~)
경북 울진 출생. 1973년 『중앙일보』 신춘문예로 등단. 시집 『동두천』 『길의 침묵』 등.

기차는 간다

기차는 지나가고 밤꽃은 지고
밤꽃은 지고 꽃자리도 지네
오 오 나보다 더 그리운 것도 가지만
나는 남네 기차는 가네
내 몸 속에 들어온 너의 몸을 추억하거니
그리운 것들은 그리운 것들끼리 몸이 먼저 닮아 있
었구나

북적거리던 역에서 기차는 떠나가고, 혼자 돌아오고 있는 여인이 있습니다. 이별은 냉혹한 현실이라 사랑의 흔적을 어서 지워야 합니다. 허수경 시인이 일찍이, 부의 축적이 생의 지표가 되던 1970~80년대, 산업 도시의 그늘에서 흔하던 사랑을 '체험화' 했지요. 가난할수록 깊어진, 그래서 만나지 못해도 그 그리움 때문에 서로가 서로를 닮게 된 사랑 이야기입니다. 그것은 '내 몸'과 '너의 몸'의 극히 개인적인 것이지만, 이 세상 어디에서나 볼 수 있었기에 다수의 것, 우리 모두의 사랑의 모습이기도 했지요. 그 묵묵하던 사랑의 모습을, 오늘 떠나가는 사람을 보며 다시 그려 보세요. ★

허수경(1964~)
경남 진주 출생. 1987년 『실천문학』으로 등단.
시집 『슬픔만한 거름이 어디 있으랴』 『혼자 가는 먼 집』 등.

시가 삶의 등불이 될 때

이숭원
(문학평론가)

내가 시를 처음 접한 것은 중학교 2학년 때였습니
다. 물론 그 이전에도 시에 속하는 읽을거리를 보았을
터이지만, 내 기억 속에는 그 이전 것은 남아 있지 않
습니다. 머리를 박박 깎고, 목까지 올라오는 검정 교
복을 입고, 중학교에 들어간 나는 국어 수업 첫 시간
에 생소한 시인들의 이름을 들었습니다. 내가 입학한
학교는 휘문 중학교인데 신입생들에게 학교의 좋은
점을 소개하면서 국어 선생님께서는 휘문 출신 시인
들의 이름을 나열했던 것입니다. 그 이름들은 듣자마
자 곧 잊어먹었고, 다만 '30년대 시단의 거장인 정 모
라는 시인도 휘문 출신이다'라는 말만 기억에 남아 있
습니다. 철부지 소년이었던 나는 그 말이 매우 의아했

습니다. 그 '정 모'가 바로 정지용이고 그렇게 말할 수밖에 없었던 이유를 알게 된 것은 한참 세월이 지나서의 일이지요. 여하튼 그때에도 시인의 이름만 들었을 뿐, 시를 읽었던 기억은 없습니다.

2학년이 되었을 때, 아주 작은 포켓판 시집을 얻게 되었는데, 그것은 월간지 『학원』의 부록으로 발간된, 청소년을 위한 한국현대시선이었습니다. 그 책 맨 첫 장에 김소월의 「진달래꽃」이 나와 있었습니다. 나는 그 '시'를 읽고 경탄해 마지않았습니다. 히야! 사람의 감정을 이렇게 표현하다니! 뭐? "가시는 걸음걸음 노인 그 꽃을 사뿐히 즈려밟고 가시옵소서"라고? 나는 이 말 속에 님을 사랑하면서도 보내야 하는 한 여인의 슬프고 아름다운 마음이 담겨 있다고 생각하며 표현의 절묘함에 감탄했습니다. "나보기가 역겨워 가실 때에는 죽어도 아니 눈물 흘리우리다"라는 구절에서는 한없이 슬퍼하면서도 그 슬픔을 속으로 삼키는 여인의 모습을 연상했습니다. 이 시와의 만남은 사춘기가 되어 공연히 마음이 감상적이 되어 가던 나에게 큰 파문을 일으켰습니다.

나는 야릇한 흥분을 느끼며 손바닥에 쏙 들어오는 그 작은 책을 계속 읽어 갔습니다. 중간쯤 가니까 유

치환의 「깃발」이 눈에 띄었습니다. "이것은 소리 없는 아우성"! 이 첫 구절에서 내 눈은 딱 멈추고 말았습니다. 깃발의 펄럭임을 '소리 없는 아우성'이라고 표현한 데 전율을 느꼈던 것입니다. 어떻게 말을 이렇게 다룰 수가 있을까? 세상에는 시인이라는 묘한 존재가 있고 그들이 쓰는 시라는 묘한 작품이 있구나 하고 나는 새삼 감탄하였습니다. 그래서 '해원'이라는 낱말의 뜻도 모른 채, "저 푸른 海原을 향하여 흔드는 영원한 노스탈쟈의 손수건"이라는 구절도 그냥 외워 버렸습니다. 몇 장 뒤에 나오는 윤동주의 저 아름답고 깨끗하고 슬픈 구절, "하늘을 우러러 한점 부끄럼이 없기를, 잎새에 이는 바람에도 나는 괴로워했다"에도 깊은 감동을 느낀 것은 물론이지요. 시와의 첫 만남은 이렇게 나에게 새로운 개안과 충격으로 다가왔습니다.

2학년 말이 되어 교과서를 다 배우자 국어 선생님께서는 시 여러 편을 나누어 주시고 암송하도록 했습니다. 그때 시 목록에 서정주의 「귀촉도」가 들어 있었습니다. 나는 뜻도 제대로 모르는 상태에서 "눈물 아롱아롱 피리 불고 가신 님의 밟으신 길은"으로 시작되는 그 처연한 내용의 시를 암송하였습니다. 그런데 "차마 아니 솟는 가락 눈이 감겨서"를 그만 '차마 아니 솟는/

가락눈이 감겨서'로 암송을 하였습니다. 내 혼자 생각
에, '가락눈'이라는 것은 너무 울다가 핏발이 서서 눈
도 감겨지지 않는 상태를 뜻한다고 짐작하고 그렇게
암송했던 것이지요. 그때의 선입관이 사라지지 않아
서, 나중에 대학 교수가 되어서도 그런 식으로 해석을
했다가, 어느 영특한 학생에게 망신을 당한 일이 있습
니다. 여하튼 중학교 2학년 때 많은 시를 접하며 시의
독특한 맛을 음미하기 시작했던 것은 사실입니다.

　고등학교 1학년에 진학해서 새로운 체험을 하게 되
었습니다. 학기가 시작되고 얼마 안 되어 교과서에서
김소월의 「금잔디」를 배우게 되었습니다. 학기 초가
봄철이라 계절감에 맞추어 「금잔디」를 수록한 것이겠
지요. 김소월의 시는 여러 편 읽어 보았는데, 이 시는
내게 생소했고 형식과 내용이 단순하다는 생각이 들
었습니다. 그 시의 전문은 이렇습니다.

　잔듸,
　잔듸,
　금잔듸
　深深山川에 붙는 불은
　가신님 무덤가엣 금잔듸.

봄이 왔네 봄빛이 왔네.
버드나무 끝에도 실가지에.
봄빛이 왔네, 봄날이 왔네.
深深山川에도 금잔듸에.

　국어 선생님께서는, 이 시의 묘미를 설명하기 위해, 도라지타령을 부르며 춤을 추시기도 하고 당시 유행하던 「어떻게 해」라는 절규 풍의 노래를 목청 높이 부르기도 하셨습니다. 그리고는 칠판에 다음과 같은 한 줄 글귀를 적으시는 것이었습니다. "눈에다 지게미를 돋치고 게엘 겔 거리는 것만이 님을 생각하는 情이 깊은 것이 아님을 알면 이 詩의 詩想이 얼마나 승화되어 있는지 알 수 있을 것이다." 집에 돌아와 사전을 찾아보니 '지게미'의 뜻이 "눈에 열기가 있을 때 눈가에 끼는 눈곱"이라고 나와 있었습니다. '님이 갔으니 나는 어떻게 해' 하며 몸부림치고 울며 법석을 떨지 않고도 사랑을 표현할 길이 얼마든지 있으며, 그러한 미묘한 한의 감정을 단수 높게 표현한 작품이 바로 「금잔디」라는 것이 선생님의 설명이었습니다.

　나는 선생님으로부터 문학의 해석 방식을 배운 것이고 시라는 것은 언표된 내용 속에 미묘한 무엇인가를 감추고 있는 독특한 문학양식이라는 것을 배웠던 것입니다. 이 「금잔디」의 해석이 마음 깊이 남아 있었기에, 대학원 은사인 정한모 선생님께서 이 작품에 대해 '봄날의 약동하는 정경을 나타낸 것'이라고 해석한 것에 반론을 제기하여, "봄날의 회귀(回歸)와 봄빛의 편재(偏在) 속에 새삼스럽게 복받쳐오는 님의 부재(不在), 님의 불귀(不歸)에 대한 실감"이 이 시에 잠재된 의미 내용이라는 해석을 한 바 있습니다. 그런 해석을 하면서도 애초에 작품 해석의 방향을 잡아 주신 고등학교 1학년 때의 은사 이종성(李鍾聲) 선생님의 견해라는 각주를 달지 못한 것이 가슴의 한으로 남아 있습니다.

그런 여러 가지 인연으로 나는 국어 선생님이 되고자 사범대학 국어교육과에 진학하였습니다. 많은 시를 읽으며 직접 시를 써서 대학신문과 교지에 발표하기도 했지요. 대학원에 진학한 이후 시를 못 쓰게 되면서 그전에 썼던 습작품이나 발표작도 다 어디로 사라지고 말았습니다. 그런데 작년에 어느 문학상을 받으면서 외우(畏友) 윤여탁 교수에게 나에 대한 글을 써 달라고 했더니 실증적 연구를 중시하는 윤교수답게 도서관을 뒤져 대학 시절 내가 썼던 작품을 찾아내 소

개하였습니다. 부끄럽지만 그 시를 한번 인용해 보겠
습니다.

　기억하는가
　지난 겨울의
　바닷바람을.
　흥건히 젖어드는 幼年의 물결 위로
　너는
　물새처럼 날고 있었다.
　등을 돌리고 눈부시게
　逆光의 日沒에 몸을 기댄 채
　웃으며 보내던 몇 장의 書信,
　바닷바람에 덧없는 것아.
　물결 속에서 잉잉거리는

　죽은 넋을 생각하고 있었다.
　홀로 있는 넋이란 넋은 온통
　모래톱 위로 죽은 게들의 質量을
　하나 하나 헤아리며
　質量은 이미 質量이 아님을
　생각하고 있었다.

그리고 안개 속에
너는 남아 있었다.

기억하는가
바다안개를 뚫고 달린
자줏빛 육자배기를.
적막은 물결소리에 더욱 적막하여
서서히 저무는 바닷가 마을의 육자배기 가락,
하늘 위에서도 바다 위에서도
푸르고 눈부신 이 세상의 어디에서고
날다가 지친 새들의 嗚咽.
수만 마리 날새가 파닥이고 있었다.
그 꿈이 파닥이고 있었다.

꿈 속에 浮沈하며
흔드는 너의 손짓을 보았다.
그리하여 꿈은 잦아지고
自盡한 마지막 하나까지 떠난 후,
겨울 바다 바람 속에
너는 글썽이는 눈망울을 하고
청잣빛 적막으로

남아 있었다.

—「戀歌」 전문 (『청량원』, 1977. 2)

감정의 과잉 노출과 상투어의 남용 등 습작기의 치기가 그대로 남아 있는 작품입니다. 그러나 기억 저편에 사라졌던 이 작품을 끄집어내 활자화해 준 윤교수에게 나는 너무나 고마워합니다. 한때 시인을 꿈꾸었던 젊은 날의 내 모습이 여기 그대로 담겨 있기 때문입니다. 시인의 꿈은 잠깐이고 문학을 공부하는 사람으로 오랜 시간을 보냈지만, 시를 쓰던 보람, 시를 읽는 기쁨은 내 삶을 지켜준 원동력이었습니다. 위의 시를 쓸 무렵, 나는 어느 여인을 혼자 좋아하다가 실연을 당해 방황하고 있었는데, 나를 위로한다고 친구가 도서관에서 『서정주 전집』을 뒤져 베껴온 시는 다음과 같은 작품이었습니다.

애초부터 天國의 사랑으로서
사랑하여 사랑한 건 아니었었다
그냥그냥 네 속에 실리어있는
그냥그냥 네 몸에 담기어있는
네 天國이 그리워 竊盜했던 건

아는 사람 누구나 다 아는 일이다

아내야 아내야 내 달아난 아내

쑥국보단 天國이 더 좋은 줄도

젖먹이가 나보단 널 더 닮은 줄도

어째서 모르겠나 두루 잘 안다

그러니 딸꾹울음 하고 있다가

딸꾹질로 바스라져 가루가 되어

날다가 또 네 근방 달라붙거든

옛 살던 情分으로 너무 털지 말고서

下八潭 上八潭서 옛날하던 그대로

또 한번 그 어디만큼 묻어있게나 해다오

—「쑥국새타령」 전문

 나약하고 소극적인 면이 있긴 하지만 이 체념적 대응방식이 당시 나에게 위안이 되었던 것은 틀림없습니다. 위에 인용한 자작시의 경우에도 그 시를 쓰면서 시대의 아픔과 실연의 아픔을 함께 가라앉힐 수 있었지요. 이처럼 시는 우리 마음을 치유하는 기능을 가지고 있습니다. 반세기 전에 영국의 리챠즈(I. A. Richards)라는 사람이 주장한 말이 거짓이 아님을 새삼 느끼게 됩니다.

　대학 졸업 후 세상을 살아오면서 크고 작은 상처를 많이 받았는데 그때마다 시가 위안이 되고 힘이 되는 것을 여러 번 체험했습니다. 그래서 나는 시가 삶의 등불이 된다는 믿음을 나도 모르게 지니게 되었습니다. 어떻게 생각하면 시라는 종교에 빠진 것인지도 모르지요. 객관적으로 시를 비평해야 하는 자리에 있고 보니 이런 주관적 탐닉이 때로는 장애가 되기도 합니다. 그러나 일반 독자의 입장에서는 시에 마음껏 탐닉해도 흠잡힐 일이 없지요. 이 책에 있는 짧고 아름다운 시들을 벗 삼아 시의 바다를 항해해 보십시오. 어느덧 시가 스스로의 앞길을 밝히는 등불이 된다는 사실을 깨닫게 될 것입니다. 그 외롭고 휘황한 항해에 여러분을 초대합니다.

이숭원

문학평론가. 1955년 서울 출생. 서울대 국어교육과
및 동대학원 졸업. 시와시학상, 김달진문학상 수상.
저서 『근대시의 내면구조』, 『현대시와 현실인식』,
『현대시와 삶의 지평』, 『현대시와 지상의 꿈』, 『서
정시의 힘과 아름다움』, 『정지용 시의 심층적 탐
구』, 『초록의 시학을 위하여』 등. 서울여자대학교
한국어문학부 교수 재직중.

박덕규

소설가. 1958년 출생. 대구에서 성장. 경희대 국문
과 및 동대학원 졸업. 1980년 『시운동』에 시를 발표
하면서 시인 등단, 1982년 『중앙일보』 신춘문예 평
론부문 당선으로 비평가 등단, 1994년 『상상』에 단
편소설을 발표하면서 소설가 등단. 소설집 『날아라
거북이!』 『포구에서 온 편지』 등. 협성대학교 문예
창작과 교수 재직중.